AF498312

# CANTIQVE ROYAL

## SVR LA REDVCTION DE LA ROCHELLE.

Imité de celuy que fit le Roy Dauid lors que Dieu luy euſt donné la victoire contre ſes ennemis.

Auquel eſt d'eſcrit tout ce qui s'eſt paſſé deuant la Rochelle & en l'Iſle de Ré.

Par HONORAT DE MEYNIER Prouençal.

## PALMA LABORI.

## A PARIS,

De l'Imprimerie de Nicolas Alexandre, ruë de la Harpe au Sauuage. 1628.

Auec Permiſſion.

# CANTIQVE ROYAL,
## Sur la prise de la Rochelle.

*Imité de celuy que fit le Roy David lors que
Dieu luy eut donné la Victoire contre
ses ennemis. Pseaume 18.*

Il peust estre chanté sur le chant, *Il s'en va l'in-
fidelle*, & sur celuy. *La Reyne d'Angleterre.*
Et encore sur celuy, *Ne vueillez pas ô Sire me
reprendre, &c.* Et mesme sur celuy de *Adorable Princesse.*

*Diligam te Domine fortitudo mea.* Psal. 17.

'E ternelle puissance
Est ma vraye assurance,
Et ma protection
L'Eternel est mon Iuge
Et l'asseuré refuge
De mon affection.

Le Createur m'assiste
En son ayde consiste
Ma gloire & ma splendeur,
Il m'a seruy de Pere
Et faict que ie prospere
En Royale grandeur.

I'exalteray fa grace
Humble baiffant ma face
Deuant fa Deité,
Confeffant que la gloire
De toute ma victoire
Vient de fa Majefté.

Il eft vray ie confeffe
Qu'il a deffaict l'adreffe
De tous mes ennemis,
D'Angleterre & de France
Et toute leur puiffance
Souz mes pieds il a mis.

I'eftois en maladie
Lors que la perfidie
Des fuperbes méchans,
De France & d'Angleterre
Qui me tramoient la guerre
Aparut fur les champs.

La maladie rude
Auec l'inquietude
Que leur grand appareil,
De maffacre & de flame
Verfoient deffus mon ame
Offufquoient mon Soleil.

Mon ame ainfi preffée
Humble s'eft addreffée
Au tribunal de Dieu,
Le priant de remettre
Mon bon heur en fon eftre
Et chacun en fon lieu.

Dieu voyant ma Iuſtice
Et la pure malice
De mes ſedicieux,
Il ſe leue ſeuere
D'vne telle colere
Qu'il fait trambler les Cieux.

Il fait trambler la Nuë
Et la terre eſt eſmuë
De crainte & de terreur,
La Mer a l'eſpouuante
Le vent s'eſmeut & vente
Pour gauchir ſa fureur.

Les Montagnes s'eſboulent
Les murailles s'eſcroulent
En ſon courroux ardent,
Le feu ſort de ſa face
Pour embraſer la race
Qui ſe va deſbordant.

L'Eternel adorable
M'a eſté ſecourable
En ceſte aduerſité,
D'vne telle maniere
qu'au fort de ma priere
La fiévre m'a quitté.

Et l'Armée Nauale
Que l'enuie infernale
Conduiſoit ſur la Mer,
Pour auoir mon Empire
Ores pleure & ſoupire
De m'auoir fait armer.

Dieu est voulu defcendre
Des Cieux pour me defendre
Et rabattre l'orgueil
De la trouppe rebelle
Qui gardoit la Rochelle
Pour fon dernier cercueil.

Il a mis en fumée
Leur furieufe armée
Qui fingloit fur les eaux,
De leurs gens plufieurs milles
Sont reftez dans les Ifles
Pour pafture aux Corbeaux.

Leurs Ramberges guerrieres
A trois rangs de meurtrieres,
Qui portoient de Canons
Chacune vingt fois quatre,
Ont perdu fans combattre
Leurs Voilles & Timons.

De premiere arriuée
Cefte armée abreuée
De pure vanité,
Voulut prendre mes Ifles
Pour les rendre feruiles
A fon authorité.

Pour plus en affurance
Entrer dedans ma France
Et mettre mes François
Deffouz la feruitude
Exceffiuement rude
Des Barbares Anglois.

Mais Dieu qui me conserue
Et me tient en reserue
Dans sa vraye maison,
Pour augmenter sa gloire
M'a donné la victoire
En sa propre saison.

Leur trop superbe audace
Les porta sur la place
Où leur fut aterré
Les meilleurs de leur suitte
Le reste prind la fuitte
Et sortit hors de Ré.

Ceux-là qui s'enfuirent
A peine qu'ils desirent
De nous reuenir voir
Pour monstrer leur proüesse
Car ma braue Noblesse
A vaincu leur pouuoir.

Ceste Armée cruelle
Contre ma Citadelle
Tira durant trois mois
Vingt mille Canonades,
Et fit mille brauades
Pour vaincre mes François.

Durant la batterie
D'vne ardente furie
Elle assailloit les miens,
Mais le Dieu des Batailles
Estoit sur les murailles
Qui repoussoit les siens.

Il abbatoit leur rage
Et enfloit le courage
A mes chers seruiteurs,
Qui deffendoient la place
Et combattoient l'audace
De ces Desolateurs.

Il employoit *les Anges*
(O merueilles estranges)
Pour mener du secours
A ma trouppe Diuine
Qui souffroit la famine
& combattoit tousiours.

Pour asseurer leur perte
La Mer estoit couuerte
De vaisseaux foudroyans,
Fregattes & Pinasses,
Chalouppes, Hurcs & Naces
Sans cesse tournoyans.

Ma pauure Forteresse
Estoit comme à la presse
Close de tous costés
De grandes batteries
Armées des furies
Et de leurs cruautés.

Cela rendoit visible
Qu'il estoit impossible
De luy donner secours,
Mais le Dieu que mon ame
Deuotement reclame
En fit trouuer le cours.

Par

Par voyes incognuës
Il affubla des Nuës
L'air, la Terre, & la Mer,
Puis le vent à la pouppe
Il fit passer ma trouppe
Sans qu'on loüit ramer.

Ceste Armée surprise
D'auoir failly sa prise
Irrite ses esprits,
Tire, tonne, tempeste;
Mais la chose estant faicte
Tous les conseils font pris,

Elle r'entre en furie.
Double sa batterie,
R'endosse ses harnois,
R'attaque par la terre;
Mais le Dieu du Tonnerre
Foudroye ses Anglois.

Cependant Dieu m'inspire
De sauuer mon Empire
Par vn secours plus fort
Il m'en donne l'adresse,
Et porte ma Noblesse
A mespriser la mort.

Il leur donne courage
De repousser l'outrage
De ses esprits mal sains
Qui venoyent pour me nuire,
Et mesme de destruire
Leurs damnables desseins.

Dieu mesme les remarque,
Les choisit, les embarque
Et leur passe la Mer,
Les place dans mon Isle,
Et les fait mille a mille
Au combat animer.

Il donne l'espouuante
A l'armée volante
Des perfides mutins.
Et puis à coups de foudre
Les rend mort sur la poudre.
Pour nourrir les mastins.

Si bien que ma Milice
Surmonta la malice
Du monde & de l'enfer,
Et remit leur Armée,
En poudre & en fumée
Par le tranchant du fer.

Lors la trouppe Rebelle
Singla vers la Rochelle
Plaine de desespoir,
Chacun fait sa complainte,
Mais tous tremblent de crainte
Desprouuer mon pouuoir.

Ils grouillent, ils s'amassent,
Ils pensent & réuassent
A leur peché commis;
Neantmoins ils proposent
De nuire & y disposent
Leurs biens & leurs amis.

Ils engagent mal sages
Leurs biens & leurs mesnages
Aux Princes Estrangers,
Pour tirer assistance
En leur outrecuidance
Qui les met aux dangers.

Mais Dieu voyant la rage
De leur maudit courage,
A pris la foudre en main,
Et tonnant sur leur ville
L'a renduë inutille
Du soir au lendemain.

Il a dardé ses fleches,
Feux, lances & flameches,
Esclairs, charbons ardents
Iusques dedans leurs couches
Et mesme dans leurs bouches
Pour leur briser les dents.

Il a creué les vaines
De toutes leurs fontaines
Pour les faire tarir,
Il a esmeu le monde
Cent lieuës à la ronde
Pour les faire perir.

Il a fait des Montagnes
Sur les plaines compagnes
Pour les enuironner,
Et a reglé Neptune
Sous vne forte Dune
Pour les mieux estonner.

Encor ces miferables
Mutins inexorables
Ont mefprifé fes Loix,
Et mis par imprudence
Toute leur efperance
Au fecours des Anglois.

Ce fecours d'iniuftice
Eft venu par leur vice
Trois fois deffus les ports,
Mais Dieu par mon Armée
Iuftement animée
A rompu fes efforts.

D'autre part la famine
A mis cefte vermine
De mutins morfondus
En fi grande mifere,
Que perdans leur colere
A moy fe font rendus.

Il faut donc que ie rende
A la Majefte grande
Du moteur Eternel,
Autheur de ma victoire
Et de toute ma gloire
Vn Hymne Solemnel,

O Seigneur perdurable
Combien eft admirable
Voftre Nom fans pareil,
Il faut que l'on l'adore
Des le poinct de l'Aurore
Au coucher du Soleil.

Abaissez voftre face
Et donnez moy la grace
De vous feruir toufiours
Selon voftre ordonnance,
Auecque reuerence
De faict & de difcours.

La fievre dangereufe
Troubloit ma vie heureufe
Quand l'Anglois eft venu,
Pour troubler ma perfonne
Et rauir ma Couronne
Que m'auez maintenu.

En cefte grande charge
Vous m'auez mis au large
Où ie me fuis trouué
Hors des rudes tempeftes
Tout conuert de conqueftes,
Bref vous m'auez fauué.

Heureux eft qui reuere
Le moteur de la Sphere
De ce vafte vniuers,
Il a veu ma Iuftice
Et puny la malice
Des Rebelles peruers.

Il a veu que ma vie
C'eft toufiours afferuie
Apres fa volonté.
Et cognoift que mon ame
Autre Dieu ne reclame
Que fa grande bonté.

Il a veu que ma veuë
C'eſt touſiours maintenuë
A voir ſes Iugements
Qu'ardemment ie conſerue,
Et que deuot i'obſerue
Ses doux commandements.

Mon ame toute entiere
Adore la lumiere
De la Diuinité,
Elle s'y rend ſubiette
Et deteſte & rejette
L'iniuſte iniquité.

Le Createur du monde
Par qui tout bien abonde
Et touſiours bien ſera,
De tous mes exercices
Et toutes mes Iuſtices
Me recompenſera.

Car aux ſainctes perſonnes
Il donra des Couronnes
Et au petits enfans
Qui des leur tendre enfance
Suiuront ſon ordonnance
Des Lauriers triomphans.

Qui prend les debonnaires
Pour les vrais exemplaires
Debonnaire paruient,
Mais qui prend pour conduitte
Les peruers & leur ſuite
Miſerable deuient.

O Majesté supréme
Pour l'amour de toy mesme
Tous les humiliés,
Fleuriront sur la terre.
Mais les forgeurs de guerre
Auront les bras liés.

Eternel tu fais luire
Mon phanal pour conduire
Mon corps durant la nuict
Ton Soleil m'illumine,
Et lors que ie chemine
Ton esprit me conduit

Par ta force Eternelle
Et bonté paternelle
Tu maintiendras ma foy
Ny les eaux ny la flame
N'empescheront mon ame
De courir apres toy.

O Majesté parfaicte
Ta voye est belle & nette,
Tes mots sont animés,
Leur vertu purifie
Tout homme qui se fie
En ce que tu promets.

Que l'vniuers approuue
Qu'autre Dieu ne se trouue
Que Dieu le Createur,
Et qu'autre ne se nomme
Fils de Dieu, Dieu & homme
Que nostre Redempteur.

C'eſt le Dieu de ſageſſe
Qui me guide & m'adreſſe
Il ma ceint de Vertu,
Il a dreſſé ma voye
Et ma donné la ioye
D'auoir bien combattu.

C'eſt l'admirable Maiſtre
Duquel ie tiens mon eſtre
Il m'a fait pieds & mains
Et hauſſé ma puiſſance
Par deſſus l'eminence
De tous les Roys humains.

C'eſt luy ſeul qui me baille
Au iour de la bataille
L'adreſſe de dompter,
L'ardeur & le tonnerre
De ceux qui pour leur guerre
Me veulent ſurmonter.

C'eſt mon Dieu qui me donne
Auecque ma Coronne
L'ordre de commander,
Sur la Terre & ſur l'Onde
Les nations du monde
Et de les amander.

O Seigneur tu m'enſeignes
A porter tes Enſeignes
Au combat glorieux,
Iamais mon pied ne gliſſe
Et ta bonne Milice
Me rend victorieux.

Ie pourſuiuray les reſtes
Des armées funeſtes
De mes fiers ennemis,
Ie les mettray en fuite
Souz ta bonne conduite
Où ie me ſuis remis.

Ie ſuiuray ma quarriere
Sans retourner arriere
Et les froiſſeray tous,
Comme vaiſſeaux de terre
Ou comme on froiſle vn verre
Par l'effort de mes coups.

Sous ton bras inuinçible
Rien ne m'eſt impoſſible,
I'ay deſia ranuerſé
L'armée formidable,
Puiſſante & redoutable
Qui m'auoit offencé.

C'eſt ton bras qui ſans doute
Me les a mis en routte
Et fuitte deuant moy
Afin que ie marchaſſe
Sur leur ville carcaſſe
Triomphant de par toy.

Ils ont vſé leurs langues
A faire des Harangues
Pour couurir leurs excés,
Et leur enorme vice,
Mais qui fait iniuſtice
Doibt perdre ſon procés.

Ils ont fait des prieres
Arrogantes & fieres
Pour charmer ta bonté,
Ils te nommoient leur pere
Pour t'induire à me faire
Selon leur volonté.

Mais par ta preſcience
Tu veis leur conſcience
Plaine de mauueſtié,
Et bruſlas leur requeſte
Leur foudroyans la teſte
Sans en auoir pitié.

Ils preſchoient la commune
Pour nuire à ma fortuue
Et rompre mon propos,
Mais tu as pris la garde
De tout ce qui regarde
Le bien de mon repos.

Leur trahiſon meurtriere
S'eſt veuë à la lumiere
De façon que chacun
A cognu leurs injures,
Et les a dits parjures
Ennemis du commun.

Incomparable S I R E,
Deliure mon Empire
Des contradictions,
Du peuple qui mal ſage
Se laiſſe aller volage
Aux mutinations.

Createur de mon estre
C'est toy qui me fais estre
Monarque des Gentils
De la Gaule ancienne
Deuenuë Chrestienne
Par ton bien aymé fils.

Ie n'auois cognoissance
De la grande puissance
Que tu m'as fait auoir
Ny de l'ardent courage
Des hommes de mon aage,
Mais tu me las fait voir.

Les bandes estrangeres
Pour des causes legeres
Ont singlé sur la Mer,
Pensans de me deffaire,
Mais ta iuste colere
Les a faict abismer.

Eternel mon Histoire
Celebrera ta gloire
Continuellement,
Sur la Terre & sur l'Onde
Par tous les lieux du monde
Et sur le firmament.

Tu m'as donné vengeance
De la felonne Angeance
De mes fiers ennemis;
Et mis leur populace
A me demander grace
De leur peché commis.

Seigneur ma deliurance
Me donne l'assurance
Que ton diuin amour,
Veut conseruer mon ame
Qui deuote reclame
Ton ayde nuict & iour.

Tes dons incomparables
M'ont dessus mes semblables
Hautement exalté,
Et deliuré ma vie
Des fillets de l'enuie
Et de l'impieté.

Tous ces dons magnifiques
Veulent qu'en beaux Cantiques
Ie chante desormais,
Que qui t'aime & honore,
Te cherit & t'adore
Ne perira iamais.

L'Eternel magnifie,
Le Roy qui se confie
A son ferme propos,
Il le deffend aux guerres
Et plante dans ses terres
La paix & le repos.

Gloire luy soit renduë
Par toute l'estenduë
Du monde entierement,
Que toute creature
Cognoisse sa Nature
Et l'ayme cherement.

## Imitation du Pseaume 126.

SI Dieu ne conduit la raison
De ceux qui font vne maison
Ils y perdront leur peine.
Si Dieu ne garde la Cité
Elle aura de l'aduersité
C'est chose tres-certaine.

En vain vat'-on toute la nuict
Sur les Ramparts au petit bruict
Pour asseurer la ville,
L'on à beau courre & beau roder,
Car si Dieu ne la veut garder
La garde est inutile.

La Rochelle nous en fait foy,
Qui rebelle contre son Roy
A fourny ses richesses,
Son credit & tous ses amis,
Et tout son trauail elle a mis
Apres ses forteresses.

Et neantmoins elle a perdu
Tout ce qu'elle y a defpendu
Et demeure deftruicte,
Pour ce que Dieu n'a pas voulu
De fon deffein trop diffolu
Proteger la conduite.

Bien heureux font parfaictement
Ceux qui reglent entierement
Par la regle fupréme,
Leurs Iuftices & leurs bontés,
Leurs ames & leurs volontés,
Au vouloir de Dieu mefme.

*Imitation du Pfeaume* 128.

Sur le chant, *Leandre eftoit deffus le bord*
*de Leleffpont, &c.*

QV'Ifrael die maintenant
Des ma plus debile ieuneffe,
Ils m'ont preffé me furprenant
Par leur defceuante fineffe,
Volontiers ils m'euffent perdu,
Mais l'Eternel m'a deffendu.

Ils m'ont fort souuent assailly
Au temps de ma ieunesse tendre,
Mais par bon heur ils m'ont failly
Et iamais ne m'ont peu surprendre,
    Volontiers ils m'eussent perdu,
    Mais l'Eternel m'a deffendu.

Ils ont animé leur party
Du preteste de mon seruice,
Mais apres ils l'ont diuerty
Contre tout ordre de Iustice,
    Volontiers ils m'eussent perdu
    Mais l'Eternel m'a deffendu.

Mais Dieu qui m'ayme vniquement
Leur a tonné dessus la teste,
Et les a mis entierement
Sous la fureur de sa tempeste,
    Volontiers ils m'eussent perdu
    Mais l'Eternel m'a deffendu.

En leur ruyne l'on peut voir,
Que Dieu deteste l'entreprise
Qui se fait contre le pouuoir
Du fils aisné de son Eglise,
    Volontiers ils m'eussent perdu,
    Mais l'Eternel m'a deffendu.

Tous les ennemis de Sion
En deploreront leur infortune,
Atteints de confusion
De deplaisir & de rancune,
  Volontiers ils m'eussent perdu,
  Mais l'Eternel m'a deffendu.

  Bien tost on les verra secher
Par leur rebellion superbe,
Comme l'on void sur vn rocher
Au fort de l'Esté secher l'herbe,
  Volontiers ils m'eussent perdu,
  Mais l'Eternel m'a deffendu.

  En leur moisson le Moissonneur
Perdra son trauail & sa peine,
Et iamais le pauure Glanneur
De leur bled n'aura la main plaine,
  Volontiers ils m'eussent perdu,
  Mais l'Eternel m'a deffendu.

  Aussi iamais les passagers
Ne leur diront Dieu vous maintienne,
Les François & les Estrangers
Ne leur diront bien vous aduienne,
  Parce qve leur enuie nuit
  Et trouble le iour & la nuit.

FIN.